미간

시와소금 시인선 · 033

# 미간

박지현 시조집

시와소금

시와소금 시인선 · 033

# 미간

ⓒ박지현, 2015, printed in Seoul, Korea

1판 1쇄 발행 2015년 7월 30일
지은이 박지현
펴낸이 임세한
디자인 유재미 정지은
펴낸곳 시와소금
등록번호 제424호
등록일자 2014년 1월 28일
발행 강원도 춘천시 충혼길20번길 4, 1층 200-938
편집 서울시 송파구 백제고분로45길 15, 302호
전화 (02)766-1195, 010-5211-1195
이메일 sisogum@hanmail.net

ISBN 979-11-86550-01-4 03810

값 9,000원

※ 이 시집은 춘천시문화재단의 문화예술지원금으로 제작되었습니다.

생의 행간에 새 발걸음을 내려놓는다.
'어디서 사는 것이 중요하다'고들 하지만

'어떻게 사는 것이 더 중요하다'를
새삼 깨닫는 이즈음,

춘천에서
'어디'와 '어떻게…'를 새로 엮는다.

| 차례 |

| 시인의 말 |

## 제1부 이명耳鳴

## 제2부 비, 레몬 베버나

## 제3부 서울의 달

## 제4부 발우공양

## 시인의 에스프리

제 **1** 부

이명耳鳴

# 흔적

물이 쏟아졌다 바닥이 흥건하다
부슬부슬 젖어드는 내 안의 언어들
갑골문
복사ㅏ辭가 되어
살과 뼈를 허문다

손톱을 짓이기는 누군가의 허튼말
허공을 떠돌다가 어느 마음에 누워
절명의
눈 붉은 꽃을
화엄으로 피우는데

젖지 않았으면 바스라질 침윤의 생
색깔도 모양새도 모두 제각각이어도

살이면 살이어야 하고

뼈는 뼈이어야 하는 것

# 미강 같은

쌀을 찧을 때 깨어난
가장 고운 속겨라고
미강의 미강 같은 날 내게도 있다고
깨알의
되새김질을
사전은 새겨놓았다

봄 한 철 개똥지빠귀
듣는 이 미동도 없는
순환의 습속 뒤숭숭한 재개발 다세대 단지
현수막
펄럭이다말고
바람 앞에 순하다

아직 떠나지 못한
닿지 못한 출항이 있어
담장 없는 쪽방 칸은 낮은 촉에도 몸 사리고

미강의 미강 같이 깨어난

그날이 내일 또 내일

# 미간

아는 길도 오래 걸으면 모르는 길이 된다
익숙한 돌멩이도 낯익은 풀들조차
발길을 가로막으며 불심검문 깜박인다

내 생의 어느 행간을 잇는 갈래길인가
오래 전 걸어왔던 미간에 갇힌 시간들
우거진 환삼덩굴에 표지석도 숨어버린

햇살도 숨을 고르는 너덜겅에 오른다
묵언수행에 몸 맡기면 고요도 낯설어서
미간의 돛 없는 길이 저만치 앞서간다

# 이명耳鳴

1.

　꽃이 지자 귀가 울었다 빛들이 스러지고 새들이 앉은 자리 나뭇가지가 휘어졌다 오래된 풍경의 그늘 적막 한 채 허물어졌다

2.

　세상의 날 선 것들은 소리마저 파랬다 부딪치면서 제 속을 감출 줄도 알았다 불면의 휘청한 몸들 대낮에도 기울지 않았다

# 입춘 立春

비탈길이 걸어가다
잠깐 잠깐 멈춘 곳
응달의 골짝마다 눈꽃이 흐드러진다
발길이 닿은 곳마다 햇빛이 졸고 있다

누군가 어깨 겯고
상처를 주고받은
누군가의 푸른 날 한 뼘씩 눌려있는
둥지의 버려진 알들 바람이 흔들어댄다

말라붙은 기억 속
복원되지 못한 시간들
오래된 길은 늘 중심이 간절한 법
내 속의 꽃 핀 자리도 덧나는 상처 있다

겨울 꽃 진 자리엔
씨방의 간지럼이

이제는 어른이 된 어제의 아이들이
남겨 논 콧물과 눈물 재잘재잘 고여 있다

# 습성

누구는
길 한 복판을
점령군처럼 걸어가고
또 누군 떠밀리듯
가장자리로 밀려나고
아무도
눈여겨보지 않는 봄꽃 분분한 난전

또각또각
하이힐 소리
쑥떡 쑥떡 혀 굴린 소리
소리로만 눙치면
아랫목인지 변방인지
귀명창 불러들여도 감 잡을 재간 없는데

분명 오늘도
세상 한 가운데로 걸었다는

자고 나면 외나무 위

펄럭이고 있다는

자꾸만 되돌아 걷는 저녁 한 때의 몽유

# 저물녘의 하루

땅거미 슬슬슬 찻길을 건너간다
짙푸르게 타올랐던 하루치의 노동이
잎 넓은
버짐나무 끝 알전구를 켜든다

속도 잃은 차들이 가쁜 숨 몰아쉬면
잔뜩 알 슬어놓은 지하철 공사장
보인다,
일제히 부화하는 저, 땅거미의 포복들

잊고 싶은 날들과 잊혔던 얼굴들이
유리창에 얼룩덜룩 나비로 날아든다
한 때의
오기와 허기, 달아오르는 속도계

빛과 어둠 사이 움츠린 생의 어깨
허공의 가속페달 멈출 수 없지만

하루치

생의 바닥은 가등에도 그을린다

# 늘 푸른 도서관

한 장 두 장 넘기던 손끝은 아직 아린데
액자 속의 그 여름날 매미 울던 도서관이
헌책방 팔아넘겼던 그 책에 누워있다

꼼꼼히 낱장 펼쳐 낱말 하나 부호까지
쪽마다 찍힌 걸음 하나하나 훑어보지만
늘 푸른 지난날들은 이제 찾을 길 없다

활자가 삼킨 날들 행간에 꼭꼭 숨었는데
내 경작한 밀밭마다 일렁이는 바람소리
손끝을 오르내렸던 그 기억만 푸르다

# 죄와 벌

몇 여름을 잘 살아냈던 앞뜰의 담쟁이가
혹한의 눈보라도 이 악물고 받아냈던
그 세월 다 떨어내고 절뚝이며 떠나갔다

향나무, 잣나무를 담벼락으로 알았던 죄
미처 죄를 고백할, 변명의 여지도 없이
경비원 바지런 잔망에 실뿌리까지 뽑혔다

담벼락의 온기와 흡반의 노역 사이사이
주먹 쥐고 달리던 발뒤꿈치 여여如如한데
실오리 다 벗어던진 석축만 콧날 시큰하다

# 가을적막

햇살보다 가볍다
형광조끼의 청소부
집게 쩝쩝 거리며 부끄러움을 줍는다
구절초
마디진 무릎 허리춤 추스르며

말보로 빈담배갑
음료 캔 사탕봉지 들
바람에 등 떠밀려 나뭇가지에 걸리면
행인들
뒤 마려운 듯 자꾸자꾸 돌아본다

저무는 가을길이
서둘러 지지 않는 것은
허물을 끌어안는 가을나무 탓인데
당신의
절뚝인 걸음 잘 여문 탓인데

# 밤의 연가

전철 역 앞 좌판대 연탄불을 끌어당겨
한 밤 두 밤 날밤 굽는 팔순의 김 할머니
아득히 뜨거웠던 그 밤 놓친 기억 뒤집듯

한 톨 두 톨 익을 때 불티 타닥 날아들어도
따뜻한 집 한 채가, 구들장 그 사랑법이
이슬밭 발길 저었듯 이새에서도 꽃피었다

이즈막할 팔십 세월 남실남실 떠내려가도
혹시라도 놓칠까 여직 남은 시린 날인 듯
꼼꼼히 집게 힘주어 밤을 뒤집고 또 뒤집는다

북풍과 북풍 사이 바쁜 발걸음 흩어지는데
엎질러버린 날들 주워 담을 수 없는데
낡삭은 가슴팍 열어 밤의 연가 불 지핀다

# 후불인생

저고리 안주머니에서 월급봉투 꺼내던
그 시절 저녁 무렵 아랫목처럼 그립다
후불의
신용카드에
주름살이 패인다

까칠한 누런 봉투가 가슴안쪽 데울 때
북풍의 동짓달에도 단칸방 쪽창문은
달빛에
발그스름히
여물고 익어갔다

플라스틱 신용카드 바닥에 놓아본다
가슴팍의 그 온기 어디쯤 머물렀을까
후불의,
베이비부머
떠도는 저자거리

# 산란産卵

울긋불긋 불빛들 떼 지어 알을 낳는다

고층 빌딩 복도를 아슬아슬 거스르며

힘차게 꼬리 흔들며 등줄기 곤두세운다

부화되지 못한 꿈들 모서리에 부려놓고

요염한 허벅지며 윤기 흐르는 젖꽃판

자동차 헤드라이트에 얼룩얼룩 꽃 피운다

어둠이 출렁이는 한겨울 도심의 강

물풀에 매달린 무정란의 날들이

끝끝내 잠들지 못해 저 충혈된 몸빛으로!

# 별빛이 있는 풍경

젖은 눈가 사람들만 이 높이를 가졌다
몇 그램의 별빛과 풀냄새를 풀어놓고
밤이면 머리 위에다
달 하나 그려놓는다
모든 것이 발아래에 머리를 조아려도
정작 만져지는 건 반쪽 가슴인데
지붕 위
고압송전선 밤새 파밧거린다

그래도 마음 하나로 등과 등을 포개면
철지난 빨랫줄엔 아직도 촉촉한 날들
밑 빠진 항아리 속을
칼바람이 채우면
산 0번지 오르면 뒤축 닳은 걸음걸이
비오면 젖는 대로 바람 불면 등 밀리는
오롯이
지붕을 밟고 별빛은 흔들린다

# 나를, 지난다

내 안의 가파른 벽을 담쟁이가 오른다

바람에 허물어져 갈 길이 지워져도

멈췄다, 다시 내딛는 저 등허리가 환하다


어쩌다 발 미끄러져 꿈길을 벗어나면

탯줄의 기억 하나 가등처럼 켜들고

진물의 저 붉은 상처 푸르게 덮고 간다

제 **2** 부

비, 레몬 베버나

# 처처處處 진달래

세상에 든 길목마다
없는 듯 피어 있다
해질녘 뒤돌아보면 열여섯처럼 수줍었다
발끝에
엉겨 붙는 이야기 차마 눈 붉었다

툭 건드리면 떨어질 위태한 사랑 같은
꼭 껴안으면 사암층 깔깔한 눈물 같은
한 됫박 쏟아내는 저, 봄 한철 핏빛울음 같은

# 나도 이야기꽃

함백산
오르막 길
가을보라꽃 피었다

사부작
발뒤축께 마른 눈물 질문 같은

다 물러
터질 것 같은 이야기 바람처럼 만발했다

# 꽃

햇빛 환한
골목가
플라스틱 화분 하나


달리아
수국 채송화
민들레가 덤으로 핀다


할머니
의자에 기대
하얗게 피고 있다

# 비, 레몬 베버나*

장맛비에 늘어진
잎사귀,
저
서늘한 농담濃淡

잎맥 섶에 꼭꼭 감춘
코 끝 싸한
저
노란 포효咆哮

유혹의
첫 음절 잘 우려낸
찻물이여
노란 소나타여

* 레몬 베버나 : 레몬향 나는 허브

# 길재吉再를 그리다

채미정에
추사체로
성긴 눈발 흩어지면

허공에
난을 친다
강을 풀어 획을 긋는다

떠났던 새들이 온다, 그대 야윈 벌판에도

# 황태

연둣빛
아침햇살은
안으로만 다스릴 것

거친 바다
소금기는
굴비에게나 주어버릴 것

들끓는
파도소리가
북소리로 쌓이는 날

# 겨울몽유

그 결빙
지나면 봄

꿈길 지나
네게 닿는다

불에 덴 맨발인듯
머물면 살얼음인 걸

눈 뜨자 또 환한 새벽
아낌없이 받아 든다

# 껍질들
— 노숙의 꿈


노숙의 걸음들이 수북이 쌓여 있다
채 걷지 못한 한여름 밤 긴 이야기들
썰물이 한차례 쓸면
밀물이 두 차례 밀고


밀고 당긴 생이라서 껍데기만 남아
등 휘도록 달려온 발바닥만 하얗다
물보라 흠뻑 적신 날
깨알처럼 새겼다


더러 발 푹푹 빠져도 놓지 못할 꿈이 있어
모래톱에 밀려와 모진 생 파묻지만
오늘은 걸어보리라
해안선 닫히기 전

# 껍질들·2
— 풋잠


줄무늬 모시조개가 침 흘리며 조는 나절
바람이
들락이며
제 속을 파먹어도

삼복의
뙤약볕 아래
태연히 선탠만 한다

하긴, 속없는 게 무에 그리 대수일까
개펄의
비릿한 속살
그 향 차마 놓을까

가무락,
가무락 날들
줄무늬에 다 새겼는데

# 껍질들 · 3
— 풍장

다 닳은
등딱지로 바닥을 밀고 가는
문패도 너덜해서 이름조차 알 수 없는
빛깔만
하, 선연해서
눈조차 시린 날들

크고 드센
껍질들 어쩌다 그 틈에 끼어
등을 내어주고
그늘도 내어주고
두어 평
엉덩이 닿는
전세 딱지까지 내주고

젖은 몸도
잘 말리면 바람도 제 것인데

바닥에 몸 뉘이면 헌집 새집 매한가지
등 푸른
껍질 하나가
벗어던진
저
풍장

# 껍질들 · 4
— 박속


등딱지 색깔은 햇빛 아래 제 각각이래도
속 떠나간 자리는 하나같이 눈부시다
얼마나
파내어야
박속 같이
하얄까


엎어지고 드러눕고 휘청휘청 거꾸러지고
서둘러 채웠던 말, 헤픈 말의 속살까지
터엉 텅
공명 울도록
말갛게
우려내면


갈증의 모래톱도 성미 급한 파도도
오래 삭혀 짓이긴 제 속을 게워낸다
껍질의,

껍질의 날만

하얗게

비워낸다

# 그 골목

빈항아리
단숨에
물 한 바가지 쏟아 넣는

기찻길
철로 따라
쇠구슬만 굴리는

마침내
찾아낸 그 길,
내 유년의 한 나절

# 두물머리에 서다

한 번도 고여 본 적 잠들어 본 적 없다

귀 하나 슬쩍 와서 옆구리를 찔러대면
화석의 곤추세웠던
기억만 흐느적였다

그물 떼가 한바탕 휩쓸고 간 삶의 안쪽

저린 오금 먹먹히 기슭처럼 펼쳤다가
이제는 흐릿해진 그
부풀었던 입술처럼

바닥을 감추고픈 건 침전의 오랜 습성

해 묵은 것일수록
속 가늠키 어렵다지만
모든 것 다 내려놓고
또 보내야 한다는 것

제 **3** 부

서울의 달

# 물레길의 봄

강을 따라
십오도 쯤 어깨를 기울이면

포르릉 휘파람새 관자놀이가 떨리지

길섶의 잠자던 냉이 화들짝 눈을 뜨지

산모롱이
돌았다가 물레길에 멈춰서면

겨울을 잘 보낸 근처 마을 장정들이

세상의 가장 아름다운 씨앗 땅 일으켜 심고 있지

# 뻐꾸기 운다네

뻐꾸기 운다네 앞산
뒷산에서 운다네
귓바퀴에 감겨
코맹녕이 운다네
숨죽여
귀를 묻으면 내 속으로 옮겨 운다네

가 본적 없던
이야기 속 긴 담장 길
이모의 치맛자락
밤새 숨어 울었다던
던져진
창가 돌멩이 수북한 골짜기에서

뻐꾸기 운다네
봄 길섶에 숨겨 놓은
그 담장 쪼며 운다네

멀리 가지 못하고

비포장

에움길 쫓아 앙감질 운다네

# 서울의 달

고슬한 저녁이면 별빛 헹군 골짝처럼
봉긋한 가슴께는 소리감춘 밀물처럼
다붓이 차올랐던 달 산동네 들썩였다

반딧불이 날아들면 깨끔발 모여들어
맨발 닮은 돌계단 어둠을 쓸어냈던
코징징 사내아이들 집집마다 뭉긋댔다

쏴아쏴아 수챗물 함석지붕 두드리면
신혼의 목수아재네 알전구는 더 흐려서
창호지 줄진 하얀 결 숭숭 구멍 내었다

근처의 빌딩숲이 달동네를 넘보던 날
가로세로 줄자대고 골목길을 부수었던
굴삭기 지린 쇳냄새 밤이슬도 주춤했다

관악산 바위 닮은 김씨 이씨 식솔들이

달에 오른 오누이처럼 뿔뿔이 흩어질 때
휘황한 고층 아파트 달의 숲도 무너졌다

# 봄, 46번

바람이 햇살을 나르는
46번국도 길 끝에 서면
밀물의 숨 가쁜 소리
신발 끈이 팽팽하다
먼 곳의
안부가 꽈리처럼 부풀었다

턱 밑까지 차오르는
혼곤한 꿈들이
낮달처럼 하얗게
제 발을 벗어 들면
강촌역
촘촘한 낙서에도 꽃대가 올라왔다

북한강 물살에 앞 다퉈 뛰어드는
풋내 나는 사내들
하나 쯤 건져내어

허기진

시린 봄날을 산 첩첩 걸었으면

# 봄밤에

연이라고 써놓고
연꽃으로
읽네
같은 봄꽃을 각기
다르게 해석하듯
어질한 봄밤의 보법
낭창낭창
흐드러지네

형태분석적 접근에
명사 또는
관형어로
도화지에 연꽃 그려서
굳이 연緣을 따지는
고집 센 봄밤의 한 때
지는 것도
잠시네

# 만조滿潮

썰물의 골목길에 선잠 깬 어둠 하나
심한 발길질에 잔뜩 짓이겨 있다
묵언에 산산조각 나 칼날처럼 번득인다.

종일 그물 던지다 멀미하듯 돌아온 날
철 지난 전단지에 목 메인 상가 벽엔
허기진 혼들이 모여 이념처럼 펄럭인다

너무 멀리 달려왔나, 향방 잃은 발걸음들
쫓기듯 돌아와서 죽은 듯이 잠만 잔다
불면의 쪽창 너머엔 모진 눈발 히끗하다

시카고 발 곡물파동 어깨춤 추어댈 때
타다만 화덕 위로 뛰어내리는 저 눈송이들
밀물의 뜨거운 숨결 골목길이 넘실댄다

# 옛길

아이들 보냈어도 현관은 늘 북적인다
샌들이며 슬리퍼,
부츠며 윤나는 구두
어디든
떠나지 못한 길들이 뒤엉켜 있다

종종걸음 눈부셨던 홍대 앞 부신 길도
농수산시장 바람 많던
그 억새의 길도
오늘은
바닥에 귀대이며 출구를 찾고 있다

매일 문 열기 전 길들을 골라보지만
정작 가야할 곳은
옛길에 지워지고
낱낱의
내력을 짚다 저무는 또 하루해

# 고성가는 길

양양 낙산사 지나 한달음에 닿는 길
저 봄꽃 다 지도록 뻐꾸기만 울어쌓는 길
분단의 눈물 하얀 길 발길만 재촉해본다

한 두 동네 내달리면 거기서 또 거기
김씨 등 휘도록 밭 갈고 씨앗 뿌려도
민통선 남루의 날들 잡초 속에 흔적 없다

저 바다 활짝 열어 너를 안을 수 있다면
금단의 움푹 파인 저 선 메울 수 있다면
한반도 저 굽은 등에 해당화 절로 만발하겠다

# 채색 한낮

바닥에 한지 펼쳐 먹 선 긋는 붓끝에
바위 성큼 당겨서
운무 풀어 산을 감추다
십장생 점선 찍어 생명 이어 붙이다

한 생을 방목하는 지상의 가난한 몸들
대숲 근처 바람 놓고
불로초며 거북들
복숭아 나풀 걸음도 소나무아래 멈추다

빈 하늘 활짝 펼친 암수 백로 한 쌍이
깊은 계곡 솟구쳐
신검神劍날개 자랑하다
후드득 장맛전선에 산 그림자 사뭇 짙다

먹 선을 지그시 눌러 봉채 분채 찍어내면
붉디붉은 생이여

그늘 짙은 걸음이여

첩첩의 산중에서는 낮도 밤도 뒤바뀌다

# 순이

철로 변 지붕들이
잔바람에도 쿨럭이네
간밤 내린 봄비에 훌쩍 키 큰 덩굴 순들
빛바랜
시간의 벽을
등 가볍게 오르네

포스트잇 메모장 같은
빠꼼 열린 창문너머
영순이, 미순이 끝순, 옥순이 둘러앉아
손목 힘
불끈 일으켜
빡빡 보리쌀 치대네

구름 앉은 봉당에서
봉선화 꽃물들이던
칡순, 박주가리순, 환삼덩굴순, 순, 순이가

저물녘

철길 따라서

밤마실을 가고 있네

# 한쪽

그늘을 벗어던진 베란다의 화분들
햇빛 그득
제 몸을 두르고 있다
바람이
코끝을 간질여도
한사코 그 자세다

움푹 팬 시간의 발밑 경사진 날들도
둥근 잎은 둥글게
오므린 틈마저도
뜨거운
저 햇살 아래서
한 쪽으로 휘어 있다

무엇이 이들을 한군데로 모았을까
철 지난 계절이어도
뜨거운 가슴 잇대는

절실한

세상의 몸짓

문득 나를 읽는다

# 달아나는 옷

봄 오면 꽃 피듯 가을 되면 생이 지듯
지난 허물 껴안고
스스로 허물이 된
장롱 속
걸려 있던 옷
언제부턴가
안 보인다

잊힌 삶의 자리 발길마저 거두었는지
기억만 달랑달랑
옷걸이에 걸려있다
버리고
버렸던 날만
장롱 속에
개켜 있다

# 땡볕

저 신발 남몰래 상처 하나 키우는 걸
짓무른 발가락으로 우연히 엿보았다
컴컴한 시간의 안쪽 부어오른 각질의 날

오래 묵은 길들은 소금꽃으로 만개하고
점점이 건져 올린 혼신의 시간 저 편
누군가 신다 만 길들 등허리가 벌겋다

새 살이 돋는 시간 내 선잠의 모서리
발끝으로 잘근잘근 다독이고 퍼내어서
남몰래 커가는 슬픔 구석구석 말린다

# 저문 날의 기도
― 푸름호 20호


포구에 고삐 꿰인 몸
또 하루가 기운다
음메음메 목청 틔워 등뼈 곧추 세우면
먼 항해
물살 가르던
굳은살 박인 날들

마른 길 닦으며
그물내린 생의 투승점에서
갑판 가득 실어올린 가자미며 문어는
키 낮은
둥근 식탁을
후끈후끈 달궜다

딸기코 천 선장
병든 발 벗어들면
까칠한 턱수염 거들먹도 받아주고

저 파도

고삐 꿰어서

푸른 갈기 휘날릴 것인데

# 그 바다에선


눈먼 뱃사람들이 파도를 일으킵니다

열매의 날 아득해도 팔뚝에 펼친 날개

이런 날 해안선에선 소금꽃이 핍니다

안개가 생을 지워도 파도의 길은 남아

그 길 따라 촘촘히 그물을 풀어내면

만선이 따로 있겠습니까, 환한 저 쪽빛 바다!

## 제 4 부

발우공양

# 메꽃

전생을 감아 올려 허공에 걸쳐놓고
탁본 뜨듯 또 한 생을 길가에 풀고 있다
가까이 들여다보면 그 몸짓이 야물다

원형의 날 툭 끊어져 바닥을 굴러도
탯줄의 기억만은 덩굴에 남겨서
또 한 생 피워 올리는 옥산댁 울 아지매

# 격정
— 금오도 동백


나, 뛰어 내릴래 붙잡아도 뛰어내릴래
안 붙잡을 거 아니까 발 묻고 뛰어내릴래
단
한 번
트리플 악셀로
단홍빛 감탄사로

치맛자락 있다면 그것도 펄럭일래
속바지 활활 벗고 입술 노랗게 지지며
눈
뜨고
뛰어내릴래
기암절벽
찢으며

당신이 그리웠던 날 밑줄 그으며 잘 살았네
격정의 한 순간 만날 그 날이네

나,

이제

뛰어내릴래

해풍 이는

가슴에

# 발우공양


어물전 좌판 한 쪽 흥청인 생이 있다
연붉은 배 하늘에 둔 헛헛한 열 다리는
난만한 즐거움 위해 무장해제 당했다

슴슴한 포식 한낮 찔러보는 겹의 눈들
그 손끝을 보글대는 숫기 없는 대게거품
망설일 그 무엇조차 비닐봉지에 던져진다

안개인 듯 슬픔인 듯 김 서린 등딱지 속
마지막 살 한 점까지 입속에 털어 넣으면
허공을 내려치는 저, 한 생 끊는 죽비소리

홑겹의 생의 바닥 말갛게 닦아내었던
내 안으로 숨어든 그 저녁의 발우대

밥알들
말라 비틀려 통증이듯 총총하다

# 발우공양 · 2

도심외곽선 환승역에 엎드린 구걸노인

보풀인 가난한 등, 조도 낮은 발등 위로

하루치 쌓이는 동정 그 무게가 가볍다

뚜껑 없는 종이상자 동전 몇 닢 던져지면

해풍도 일지 않는 먹먹한 환승통로

샛노란 동백꽃술이 확 피었다 지는데

그 꽃술 날아갈까 손 힘껏 움켜쥐는데

청수발우 마치고도 차마 허기진 배

지팡이 일으켜 잡고 죽비소리 기다린다

# 발우공양 · 3
— 적신赤身


막달의 달력처럼 벌거벗은 겨울나무
잎과 마음 다 비우고 깃털처럼 가볍다
멈췄다,
고르는 숨이
생의 볕에 환하다


무성했던 초록 잎은 새들에게 내어주고
등, 허리며 무릎 발등 개미 떼에 거저주고
꼿꼿이
중심을 세워
그 마저도 지웠다


격정의 붉은 생애 허공 떠돈 탁발 속
서릿바람 죽비삼아 몸속 깊이 새겼다


적신赤身에
남겨놓은 꿈
가지 끝이 환하다

# 발우공양 · 4

관악산 길
소나무

총총히 어딜 가시나

겸손한 몸
구부려서

언 땅에 입술 포개며


발치께
쌓인 눈 그대로 두고 맨몸만 하얗게 그렇게

# 춘양목

춘양목 엎어져서
트럭에
실려 간다
모반을 꿈꾸었는지
재갈물고 결박된 채
순혈의
단 한 번의 잠 맨발에 부린 채

한 시대를 산다는 건
폐 깊숙이
가시 품는 일
뼈마디 이음새마다
출렁인 결기 잡는 일
하늘을
떠받쳐온 날 몸속에 새겨두는 일

적송 여송 자송 청송

다정 다감

불렀어도

단 한 번의 첩로捷路를

곁눈질 한 적 없는데

토혈의

패착된 몸이 승부터널 지나고 있다

# 멸치털이

그물을 당겨 당겨, 멸치 떼 몰려든다
흰 포말 털어내면 번쩍이는 칼비늘들
어부들 숨 가쁜 손길 뱃전이 출렁인다

바다 깊은 속을 맨발로 끌어당기면
하늘도 뒷걸음치며 물길을 열어준다
항해사 함박꽃 웃음 만발하는 대변항

내 언제 이리 세상을 후려쳐 보았는가
어깨가 내려앉고 살점이 떨어져도
손끝을 감아올리는 저 질긴 허기의 길

멸치 떼 몰려든다, 바다를 당겨 당겨
저 빛살 물결무늬 온몸이 조각나도
바다을 후릴 때마다 온통 금빛 세상이다

# 공지천 오리

공지천 물 위에 오리유람선 둥둥 떠 있다
뱃속에 들어앉아 발틀 돌리는 저 사람들
잔잔한 물 그늘 속에 휴일오후가 후끈하다

이따금 오리들이 유람선을 쪼아보지만
제 앞의 길 놓칠까 제 중심을 잃을까
결전의 그 날을 위해 슬금슬금 뒷걸음친다

누구를 흉내 내며 대신 살아보는 일은
창자까지 비우고 바닥에 몸 붙이는 일
나 아닌 타인의 삶도 낯설긴 매한가지

# 게발선인장

화분을 옮긴다
새끼 게들이 뛰어내린다
발목을 절뚝이며 눈도 뜨지 못한다
게들이 기어간 자리
남겨진 모래의 꿈

품을 잃은 발톱들이
채 여물지 않았는데
어미의 젖줄이 마르지 않았는데
등딱지 밀어 올리며
흔적을 좇아간다

바닥에 널브러진
새끼 게의 주검들
절지된 넓적다리 둥글게 맞춰 봐도
떨어진 마디마디에
돌아올 길 희미하다

창문을 활짝 열어
화분을 들어올린다
알싸한 흙속에서 뻗어 올린 집게발
세상의 샛길 하나가
모래 위에 반짝인다

# 귀여리 속으로


굽은 길 켜켜이 쌓인 귀여리 귀 밝은 마을
뱀 바위 부엉 바위
낮달 같은
고요 한낮
날갯짓 들오리 떼가
전각으로 새겨졌다

마을 풍경 멈추면 강도 따라 출렁이고
굽은 날 비탈진 날
징징거린
발자국들
초저녁 꽃잠 든 할매처럼
몸의 귀가 사뭇 밝다

안짱의 굽은 햇살 허리 풋풋한 귀여리 길
고된 땅의 문신인 듯
오랜 습속이

그렇듯

누옥의 귀 활짝 열어서

가던 길 내려놓다

# 벼랑 끝, 저 나무

안개 젖은 소나무가 절벽 끝에 매달려 있네

움켜쥔 손아귀엔 바위마저 녹아내릴 듯

늘 푸른 가지 하나가 우우 사람소리를 내네

발아랜 흐릿흐릿 불빛도 가물한데

등짐이 무겁다고 투항할 순 없었네

오로지 바위를 으깨 틈을 내고 있을 뿐

그 무슨 죄목으로 허공에 발을 뻗었나

바람에 흔들려도 가까스로 버티는 중심

벼랑 끝 부대끼는 몸 오래도록 저물었네

밤이면 달빛 풀어 한결 짙푸른 바늘잎

흔들어 휘어질수록 발톱 곤두세우는

가파른 산 우듬지가 피돌기로 뜨겁네

# 설거지論

달강달강 그릇들
바닥을 간질이고
초침 잃은 발걸음 긴 하루를 헹궈내면

어머니
기척도 없이
내 어깨를 흔든다

간혹, 서툰 걸음이
물속에서 허둥대면
그릇들도 덩달아 제 몸에 생채기 내고

낮달의
희멀건 얼굴
꿈결처럼 흩어진다

중심에 들기 위한

저간의 젖은 손길
길 밖에서 서성대던 유혹의 날들이여

어머니,
설거지통엔
바닥이 없었던 것을

# 우산꽃

삼호상가 2층 입구에 우산꽃이 피었다
유리문 안쪽 벽에 우산살을 펼쳐놓고
아저씨 돋보기 아래 피어나는 붉은 통꽃

플라스틱통 '우산꽃이' 비뚤한 글씨체가
빈 나날에 꽂힌 듯 접혀진 아저씨의 꿈
급할 것 하나도 없는 팔과 손의 순한 교직

어느 나라 교과선가 식물도감에도 없는
비올 때만 피는 꽃 손에서만 피는 꽃
아저씨 구부린 등 위 우산꽃이 피었다

# 열정과 열정 사이

# 열정과 열정 사이

박 지 현

1.

"어느 날 우리의 심장, 영혼, 육신을 뚫고 들어와서 꺼질 줄 모르고 영원히 불타오르는 정열에 우리 삶의 의미가 있다고 자네도 생각하나? 그것을 체험했다면, 우리는 헛산 것이 아니겠지?"

헝가리의 시민작가 산도르 마라이의 『열정』에 나오는 내용 중 일부이다. 이 책은 두 사람이 사십일 년 만에 만나서 헤어진 그 세월의 이야기를 단 하룻밤 동안 주고받는 이야기로 구성되어 있다. 사람이라면 누구나 겪는 삶의 이야기, 사랑과 진실, 운명이라는 주제는 누구도 피해갈 수 없는 핵심어가 된다. 운문을 쓰면서 피해갈 수 있는 것은 무엇일까? 아무것도 없다. 시인이라면 누구나 그럴 것이다.

2.

바닥에 물을 쏟을 때 그것이 바닥에 스며들지 않을까 걱정하는 오

랜 습관이 있다. 비닐 바닥이든 종이 바닥이든 유리바닥이든 아스팔
트 바닥이든 왜 제일 먼저 '스며들' 것에 염려 하는 걸까. 대상을 먼저
따져보는 것이 왜 안 되어 있는 것인지 알 수 없다. 하지만 한 가지는
분명하다. '바닥'에 대한 신뢰가 약하기 때문이다. 어느 날인지 바닥
아래 놓인 내 안의 언어들이 물을 잔뜩 머금고 있었다. 축축했다. 자
음과 모음이 해체되고 내 살과 뼈를 허물어뜨리는 것이다. 그러나 분
명히 알게 되었다. 물에 젖지 않았으면 바스라지고 말았을 내 정신의
바닥에 희망이라는 글자를 쓸 수 있었다는 것이다. 물에 잔뜩 젖은
정신의 살과 뼈를 분리할 수 있다는 것은 대단한 희망이다. 부끄러움
을 안다는 것은 얼마나 큰 축복인가. 내가 하는 일이 비록 작고 형편
없다고 하더라도 주변을 오염시키는 작은 부끄러움 하나 건진다면
한참은 견딜만하다.


3.
　봄이면 앞산 뒷산에서 애간장 끓어오르게 뻐꾸기가 운다. 집 근처
에서도 사무실 근처에서도, 차를 타고 멀리 나가도 앞산 뒷산은 있게
마련이어서 뻐꾸기가 따라온다. 새 울음소리는 도처에 있다. 집안에
도 있고, 아파트 나뭇가지에도 집 근처 언덕에도 울음소리가 조신하
게 얹혀 있다. 새 울음의 음색은 그 어떤 악기도 흉내 낼 수 없는 건지
아직 악기에서 새 울음 비슷한 것도 들어본 적 없다. 악기조차 담아낼
수 없는 오묘한 음색. 그러나 기억 저편, 시간 저 너머에 묻힌 뻐꾸기
울음소리가 화답을 한다. 거의 생각하지 않았던 사건이 끌려나오기
도 한다. 한 번도 직접 듣지 않았지만 뻐꾸기 울음이 분명 그때도 있

었다. 이모의 연애 사건에 애절한 뻐꾸기 울음이 함께 했다는….


4.

진달래가 핀 봄 산을 바라보면 왜 우리는 김소월의 진달래를 먼저 떠올리는 것인가. 아니라면 최소한 진달래를 보면 이별이라든가, 슬픔이라든가, 애처로운 그 무엇을 연상하는가. 왜 여전히 자유롭지 못한 카테고리를 설정하고 있는가. 꽃들이 한꺼번에 우루루 피어나는 것이 어디 어제 오늘의 일은 아니지만 진달래만큼은 언제 피었는가 확인하는 습성이 있다는 것을 올해 봄에 알았다. 봄꽃나무들 중에서도 진달래는 기어이 확인하고야 마는. 그런데 작년과 달리 올해는 진달래가 '세상에 든 길목마다' 환하게 피어있었다. 사람을 가장한, 꽃을 가장한 사람들이 도처에서 진달래처럼 옹송거리며 걷고 있든지 서 있든지, 누구를 기다리든지 수줍어하고 있었다. 하나같이 열여섯 계집아이가 되어서. 이야기 하나 쯤은 없어도 그만일 텐데 손 안에 꼭 움켜쥔 채 도처에서 피었다 지고 있었다. 눈부셨다.


5.

도심의 뒷골목은 늘 낯익다. 그곳이 처음 가보는 곳일지라도 낯설지 않다. 그늘과 음습함과 낡고 퇴색한 페인트가 흘러내리는 문짝이 있고, 햇살에 잘게 부서지는 녹이 잔뜩 슨 낮은 창문의 비틀린 문살이 있고, 가운데가 닳아 반들거리는 문고리가 있기 때문이다. 비좁고 구불거리는 길을 따라, 시멘트가 떨어져 나가고 금이 간 벽. 어디서

부터 모여든 것인지 모를 화분들이 줄을 서 있기 때문이다. 길 고양이가 이집 저집 담을 훌쩍 타 넘고 햇살이 가다 멈춘 작은 화단에 달리아, 수국, 채송화 민들레는 왜 여기에 놓여 있는 걸까. 독거노인인 듯 할머니가 의자에 앉아 하얗게 피어 있는 것이 하나도 낯설지 않은 화려한 도심의 뒷골목. 절대 길을 잃을 염려가 없는 미로의 골목인 것이다.


6.

울진에 갈 때면 어김없이 봉화와 춘양을 지난다. 금강송과 황장목 그리고 오래된 적송들이 울울창창 산을 뒤덮은 곳이다. 불영계곡에 이르기 전 이들과 스치기만 해도 온몸에 푸른 갈기가 서는 것만 같아 때론 소름이 돋기도 한다. 바늘 끝 잎에 돋은 서릿발 같은 결기가 이 일대를 에워싸고 있는 것이다. 이따금 뿌리를 흙과 함께 고무줄로 칭칭 동여맨 춘양목을 목격한다. 트럭에 실려 어디론가 가고 있는 것이다. 기다란 키를 줄이지도 굽히지도 못하고 엉거주춤 포승줄에 묶인 채 햇볕과 침묵의 시간을 견디는 모습은 여지없는 죄인의 형상이다. 돌팔매질이 날아오지 않을 뿐, 채찍이 날아오지 않을 뿐, 분명 이들은 창살 속이든 콘크리트 벽에 갇힐 것은 틀림없다. 그 모습이 낯설지 않은 것은 정말 슬픈 일이다.


7.

동해 바닷가는 7번이라는 번호를 달고 달리는 길이 있다. 이 길을 따라 표지판을 보고 쉼표 같은 길을 열면 작은 해안이 앙징맞게 펼쳐져 있다. 낯익은 이름을 가진 항구엔 푸짐한 해산물이 수족관에서 펄펄 살아 뛴다. 여지없이 사람들의 눈총을 맞은 것들은 물 밖으로 끌려나오게 마련이다. 대게 철이었다. 흥정을 마친 이들의 몸은 뜨거운 찜통에 푹푹 삶겨서 껍질과 살이 분리되는 것이었다. 사람들의 군침 속에 포식의 한낮이 대게 거품처럼 부풀어가고 그만큼 한낮은 조금씩 기울어지는 것이었다. 대게의 등딱지가 하나씩 비워질 때마다. 어디선가 죽비소리가 짝짝 들리는 것이 이들 대게의 업인 것이 틀림없다. 발우공양을 마친 스님의 몸이 그럴 것이다.


### 8.

자세히 세상 한 곳을 들여다보니 발우공양을 하는 사람들이 여전히 몸을 조아리고 두 손을 내밀고 있다. 지하철 환승역의 깨끗한 바닥에 엎드려서 어울리지 않은 더러운 종이상자를 무릎 앞에 둔 채 공중을 우러르고 있는 것이다. 동백꽃은 어디서나 피지 않는다. 하지만 절실한 그리움이나 애절한 사연이 있는 곳이면 피지 않겠는가. 등 뒤로 내려치는 죽비소리가 지하철 통로를 타고 공명을 남기며 멀어져 간다. 텅 빈 도심의 지하 공간은 청수로도 다 씻어 내리지 못한다.


### 9.

겨울 숲에서도 발우공양은 계속 이어진다. 봄날의 연둣빛 예감에 꽃을 피우고 열매를 주렁주렁 달면서 한여름 땡볕 속에서도 제 속을 키워내고 불리던 나무들. 가을, 숙고의 시간을 지나 성찰의 시간에 발을 들여놓을 때 제 몸에 붙어 있는 색깔을 가진 잎과 열매들은 죄다 떨군다. 바람 앞에 무겁지 않은 것이 어디 있으랴. 바람 앞에 가볍지 않은 것은 또 어디 있으랴. 무거운 것, 가벼운 것 할 것 없이 몸에 이물질 털어버리듯 밤새워 온몸의 마디가 뚝뚝 소리를 내며 현재적이지 않은 시간을 내려놓는다. 한때 붉은 색이었든, 한때 초록색이었든, 그 색이 지닌 의미조차 내려놓는다. 미래의 시간을 살기 위해 현재의 시간을 하나의 망설임 없이 과거 속에 밀어 넣는 겨울나무들의 저 겸손한 허리들. 모든 시간조차 벗어버린 적신(赤身)의 몸. 서릿바람이 죽비로 쏟아지던 날은 차라리 눈물겹다. 이런 날, 마른가지 하나 햇살 아래 투명한 것을.


10.

바닷가엔 늘 껍질이 모여 있다. 누군가 버리고 간 껍질들. 바다에서 파도에 밀려온 껍질들, 물속의 것이든 땅 위의 것이든 모래 위에 속에 가득하다. 바다로 모여든 사람들이 앉았다가 일어난 자리엔 여지없이 껍질들이 수북한 것이다. 여름밤이면 여름밤대로 가을이면 가을대로, 그러나 껍질이 버려지는 것에 계절은 없다. 바다로 난 길을 따라 모여든 사람들이 슬쩍 모래 밑에 벗어두고 간, 수평선을 바라보면서 아무도 모르게 호주머니를 뒤져 탈탈 제 슬픔을 버리고 갔을 것이다. 윗저고리 안쪽을 열어 바람에 눈물을 날려 보냈을 것이다. 가끔 파도가 와서 혀를 날름거리며 껍질에 구멍을 내면 깊은 바다로도 스며들 참인 것이다. 껍질들은 하나 같이 부끄럼도 없이 제 속을 있는 그대로 보여준다. 속을 비워버린 것들이 그러하듯 공명만 가득하다. 헌 집도 없고 새 집도 없다. 그냥 생전의 무늬만 남긴다. 발자국만 남긴다. 숨소리만 남기는 것이다.


11.

경기도 양평의 두물머리는 시인들만이 탐을 내는 공간이 아니다. 저마다 사연 하나쯤 품은 사람들, 또는 품고 싶은 사람들의 포식지다. 눈을 가늘게 떠야 보이는 강 건너편의 세계. 마치 사막의 신기루 같은 세상이 불쑥 솟아올랐다가 한순간에 내려앉는 진풍경이 매 순간 수도 없이 되풀이 된다. 다산 정약용의 생가를 끼고 강 건너 섬을 지나 광주 쪽을 바라봐도 마찬가지다. 다른 듯 같은 풍경이지만 전혀 다른 공간의 장이다. 다시 강 이쪽, 해마다 물의 정원에서 수많은 연꽃을 활짝 피워 올리는 세미원 전체를 발바닥이 아프도록 걸어도 거기가 거기다. 강 이편인지 저 편인지 분간이 잘 안 된다. 두 물이 아니라, 세 물, 네 물이 된다. 다시 강 건너에 선다. 조선 왕실 도자기의 가마가 있었던 분원리를 거쳐 전설 몇 개쯤은 품은 구불구불한 귀여리 마을에 들어선다. 적요와 팽창에 가슴 섬뜩하다. 물을 따라서 타자와의 경계를 만든 곳. 두물머리의 옆구리를 만난다. 제대로다. 숲과 언덕에 가려 강 저쪽도 강 이쪽도 잘 안보이면서 두 물이 다 보이는 곳이다. 세상의 모든 삶은 반드시 이쪽을 거쳐야만 저 쪽의 세상으로 흘러갈 수 있다는 명제가 말뚝처럼 박혀 있다. 보냈다가 당겨서 품었다가 기어이 보내버리고야 마는 또 다른 삶의 공식이.

## 12.

　도시의 자본주의 사냥꾼들에 밀려 한 곳에 살지 못하고 떠돌아다니는 도시유이민들. 새로운 디아스포라를 형성한 이 시대의 폐단은 어쩌면 세계화 국제화 시대의 자연스런 결과물이거나 현상일지 모른다. 적자생존의 논리 앞에 여지없이 무너지는 물질논리 앞에 애써 쌓아올린 교양도 필요 없고 나름 시간과 정성을 들여 배운 지식도 필요 없고 없는 시간 쪼개어 계발한 재주 또한 필요 없어져 버렸다. 서로 마주 할 때 네가 얼마나 많이 가지고 있느냐가 정릉 부채도사 앞에 다 까발려지듯 삶이 송두리째 투시되어 깡그리 무시되는, 그래서 내팽개쳐지는 무서운 세상이 되어버린 것이다. 퍼즐인생처럼 비어 있는 곳을 찾아서 하나씩 자신의 삶을 재구성할 수 있다면, 그래서 그곳에 따뜻한 가을 햇살이 내린다면 얼마나 좋으리. 신개발 지역 아파트 단지 도로에 버려진 비닐 조각들 빈 담배갑들, 음료 캔, 스낵봉지들이 패잔병처럼 거리를 떠돌 때 형광조끼를 입은 청소부의 눈부신 뒷모습을 보았다. 묵언수행의 길이 거기에 있었다. 아무런 설명이 필요 없는 일의 가치를 보았다. 끊임없이 바닥에서 무언가를 길어 올리는 집게는 정말 아름다웠다. 거기엔 가을 하늘을 배경으로 커다란 파워포인트가 펼쳐져 있었다. 한 장 한 장 넘기며 성찰을 할, 생의 직무유기에 처한 사람들의 궁색한 시선은 어디에도 없었지만 가을 나무들과 함께 집게 소리는 오래 낭랑했다.


## 13.

　역 주변이 많이 정비되었다지만 밤을 굽거나 옥수수를 쪄서 파는 사람들은 여전히 그대로다. 피해 갈 수 없는 모퉁이나 길 한 쪽에서 반복되는 만남을 거듭할 때 그 모습은 온전히 인화된다. 눈앞을 가로막는다. 싸지도 않지만 한편으로는 돈이 될 성 싶지도 않은 밤 굽는 일이 할머니의 하루를 견디게 할 수 있을까. 하지만 이내 밤을 굽는 행위 자체가, 밤을 굽는 그 시간과 노동이 할머니에게 정말 필요할 것 같다는 결론에 이르게 된다. 굼뜬 손이면 어떤가, 밤톨이 고르지 못해 상품 가치가 떨어지면 어떤가. 한 때는 젊었을 노인의 시간이 아쉬웠던 기억과 함께 연탄불에서 타닥타닥 소리를 내며 맛있게 터뜨려진다는 생각을 해본다. 입가가 슬몃 위로 올라간다.


14.

신용카드의 세상에서도 여전히 월급봉투를 만져본 사람들의 감각이 사라지지 않은 것을 안다. 통장으로 입금된 월급이 숫자로만 찍혀서 안전한 은행에 차곡차곡 낟가리처럼 쌓여있다는 것도 안다. 그것이 너무 익숙해서 통장을 들여다보기만 해도 배가 부른 것도 안다. 그러나 가슴팍을 데우던 월급봉투의 온기는 절대 찾을 수 없다. 그 온기라는 것이 그리 중요한 것이 아닐지도 모른다. 하지만 가끔 그 때의 온기가 생각날 때가 있다. 그 온기를 만들어내던 심장의 뜨거운 희망이 그립기 때문이다. 부족한 것이 그리운 것이다. 즉자적이고 즉물적인 만족의 경박함보다 조금은 부족한, 채움과 그 채움이 만들어가는 작은 발자국 소리가 그리운 것이다. 조금 부족할 때 겸손의 미덕과 나눔의 미덕이 살아 숨 쉬기 때문이다. 최소한 넘쳐서 잘 나서 탈이 많은 지금 사나운 놀부 심리가 정당화되는 일은 많지 않았기 때문이다.


15.

비 오는 오후, 삼호상가의 이층 한쪽에서 몇 개의 우산이 꽂혀 있는 '우산꽂이'를 쓴 우산통을 보았다. 순간 '우산꽃'이 만발했다. 아, 우산 꽃…. 유리 너머 열심히 우산살을 고치고 있는 아저씨와 눈이 마주치 는 순간 웃음꽃이 절로 나왔다. 우산꽃을 피워내는 그 부지런한 손이 정말 고왔다. 세상에도 사전에도 없는 우산꽃을 저리 꼼꼼히 피울 수 가 있을까. 기다란 플라스틱 상자에 유성매직으로 당당히 적어놓은 '우산꽂이'가 삼호상가의 오후를 향기롭게 물들이고 있음을 보았다. 오자 하나로 가능한 해학. 새로운 꽃의 향기를 만들어 낸 재주를 가 진 우산수리 장수 아저씨. 그 거친 손은 삶의 순응을 직조한 순한 교 직의 손이었다.


16.

열정이라는 낱말은 얼마나 아름다운가. 젊은이들의 전유물이 아 닌데도 열정은 어느 틈엔가 젊은이들의 대명사가 된 듯하다. 여전히 살아 숨 쉬고 달리는 삶의 여정에 놓여있다면, 직무유기 할 마음이 없다면 열정은 내 것이다. 내가 받아들인다면 내 것이고 내가 밀어낸 다면 남의 것이 되어버리는 역동적인 에너지이다. 그래서 삶의 열정 이란 어디에도 있고 어디에도 없다. 작가의 손에는 있고 독자의 손에 는 없을 수 있다. 열심히 생을 굴리고 달리다가 가끔 관계를 돌아본다면, 제 자리를 확인 하는 문장을 만난다면 오늘 하루 고요롭겠다. 평화롭겠다. 정말 즐겁고 행복하겠다. 열정만 있다면 못할 것이 없다는 생각이 내일을 끌어당긴다.